[草日漫畫作品]

路邊貓貓不理睬

體貼老公記事簿…
食錯嘢肚痾添～
我買咗你最鍾
意食嘅魚生呀！

牙肉腫晒好熱氣呀～
今晚清清哋，
食炸雞髀！

我病到冇晒胃口～
你瘦咗好多呀，不如
同你去食自助餐啦～

你兩隻嘢晚晚唱歌
好嘈呀，嘈住我瞓覺呀～

我哋今晚粒聲都
唔出，OK?

……

咁耐冇見，不如
約出嚟聚下啦～
好呀！

點呀？同啲friend傾咗
啲乜嘢呀？
冇喎～

科學家話依家空氣
同水充滿咗微膠粒…

可以進入動物身體
甚至大腦嗝～

唔怪得你講嘢
越嚟越膠啦…
唔知會唔會
有膽結膠呢…

2014年……
糧食危機呀？食蟲係
大趨勢冇得避㗎喇～

2024年……

點呀？放得入口
未呀？
再畀啲時間我…

由於茵茵中了「劇」毒，
除了韓劇上架的時候，其餘
時間她都是一睡不起……

只需要情深
一吻，就可以
喚醒女主角…

冇韓劇男主角
嘅顏值唔好
惜我…

聽講話呢，昆蟲食落口感同味道都唔錯…
咁要唔要試下？

我忽然間好想鋸扒…
Me too～

我都唔明白，睇一集
韓劇點解咁花時間～

我明嗝…
一集韓劇要重覆
睇幾次…
精彩畫面定格
睇N次…
再要睇埋啲
製作花絮…

講完未…
仲要撈埋
啲網友評論…

有人同我講，昆蟲比
其他生物累積嘅毒素少，
又含豐富嘅蛋白質…
食落肚仲冇對
環境做成破壞
添～

係邊個同你講啲
咁有智慧嘅說話㗎？

……
點呀？
依家隻烏蠅
係咪順眼咗
好多呢？

我必須坦白…
我愛上咗韓劇男主角…
你只係貪靚仔，
一時迷失嘅啫…

唔係咁樣㗎…
我到第十二集
先愛上佢…
係真愛嚟㗎…

你信我啦好嘛…
好…

有冇搞錯！啲蚊
好似識瞬間轉移，
打極都打唔到嘅！

冇錯！
係我教佢哋嘅！
?

做乜無端端買
盆植物返嚟呀？

呢盆係驅蚊草，擺響度
屋企就唔會有蚊啦！

結果因為積水，滋生了
大量蚊蟲……

＊請打橫看

驅蚊貼邊驅到
蚊㗎，不如我畀啲
勁嘢你貼啦～

蟲鼠蟻一切盡

蟲鼠蟻一切盡
哎吔…點解好似
仲有蚊針我咁嘅…

輕度貓咪跟蹤狂：偶然在街上跟蹤你

中度跟蹤狂：
長時間定期
跟蹤你

嚴重跟蹤狂：
跟到天腳底都要
跟住你

貓咪跟蹤狂的古怪行徑：
他會一邊發出貓咪聽不明白的叫聲，
一邊慢慢迫近…
喵～
喵～

然後他會
悄悄從懷裡掏出…

一支逗貓棒…
……

一日之計在於晨，
不如起身郁下啦～

做下瑜伽都
好喎…

Z

聽講你好打得
個喎，有冇李小龍
咁勁呀？
要唔要
試下我啲
寸勁吖？

哇～唔係啩，香港將會
有5000年一遇嘅暴雨？

搞咩呀你？
起方舟…

無敵神功第九層，
學成之後，一切草木
皆可成為鋒利兵器！

咁第十層呢？
第十層
就犀飛
利喇…

可以用環保餐具切牛扒…

嘿…暗器？休想傷我分毫…

小二！點蚊香呀喂!!!

徒兒，為師傳授你一套解牛刀法…
一旦學成，環保餐刀切肉切片切粒冇難度！

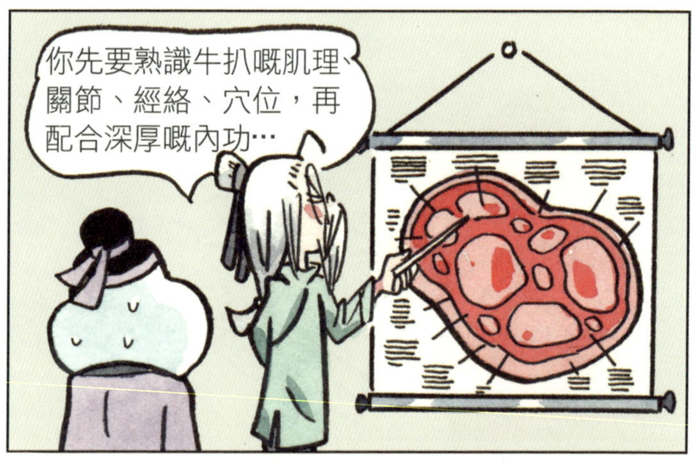
你先要熟識牛扒嘅肌理、關節、經絡、穴位，再配合深厚嘅內功…

師父，不如食粟米肉粒飯啦…
……

古代…刀在，人在…

現代…
冇電喇～
冇電喇～
冇電喇～

NO BATTERY

老公穿爛衣的藝術
露肩裝…

野人裝…

唉…我都唔知
點形容…

「老婆每年花100小時找
東西，老公只花半小時…」
哈～

事實勝於雄辯，
証明老公…

「只會找老婆
幫忙。」
……

我成日畀蚊咬…
種豬籠草啦，
豬籠草幫到你！

點樣揀豬籠草呢？
梗係越大棵越好
啦～

仲有冇蚊咬你呀？
冇乜…

如何利用忍術接近貓？
下段忍術：草忍

中段忍術：樹忍

……
上段忍術：砂忍

……

咁興奮，
即係有稿
交啦？

……

呢個研究報告話男性
化妝對事業有幫助喎～
係真唔係呀？

我驚啲讀者接受
唔到喎～
搞笑漫畫都
OK嘅…

我老公有個名叫
阿Jack～
咁啱嘅？我老公
都係喎～

全…　名…　係…

我點知Jack！

頭先係咪地震呀？
係我pat pat 底下嘅
脂肪微微晃動咗一下
啫～

呢度話靈體不單止會
依附響人體，仲可以依附
響電器上面…

依附咗又點呀？
啲電器就算冇電
都會繼續運作…

如果手機係咁
就好囉～
我都係咁
話～

面對被搶劫時的危機管理…
1.將銀包拋開分散對方的注意力…

2.一邊逃走一邊撒幣，令對方不知所措…

以上兩個都是錯誤的示範動作…
正確姿態

點解你
畀鬼砸一啲
反應都冇？
因為我長期
接受訓練囉…

唔係啩？執咗隻流浪狗
返屋企，養大咗先知係隻熊？

你話吖，世間上
邊有啲咁荒誕嘅事吖？

我係唔會中
你嘅計㗎…

聽講超聲波可以驅蚊，
今日我就要測試一下！

開始！

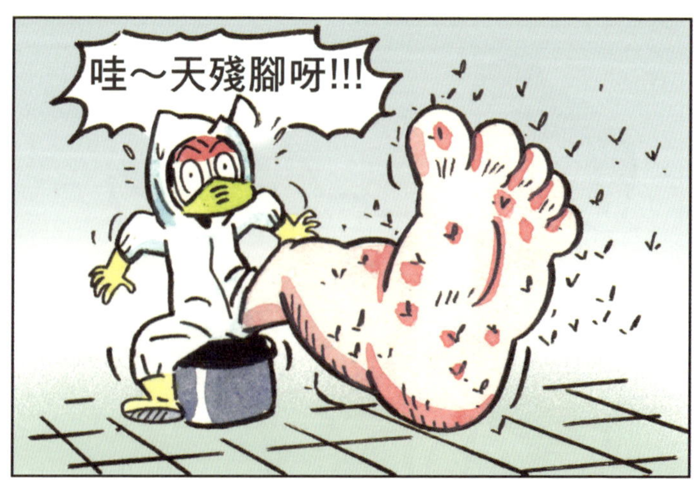
哇～天殘腳呀!!!

小肥，着晒校服
去邊呀？
去學校
瞓覺囉！

吓？我唔明喎～
哈！經我考
證，課室係
最好瞓㗎！

特別係上數學
堂嘅時候呀～

你哋咪埋嚟呀，
我手上面呢塊洗碗布…

細菌多達362種，含菌量
比馬桶　仲要多20萬倍㗎…

專家發現，蚊子
會比較忽略綠色
和紫色…

你話佢搞咩呢？
如果我冇估錯…

……
佢應該扮演緊
一條矮瓜～

一個月前…

一個月後…

吸貓…
真係會危害健康
㗎…

隻貓仔食食下嘢
瞓着咗呀，幾可愛～
點可以犯呢啲
低級錯誤㗎～

我只會瞓着覺
都繼續食嘢！

死佬們！一起進化成不死小強吧!!!
太慢喇！太慢喇！

小強能夠承受自身體重900倍壓力…
踩扁你!!!

真係好難消滅囉～

死佬們！一起進化成不死小強吧!!!
死!
死!!
死!!!
嗤氣力啦你！
我可以閉氣
30分鐘㗎～

我要同你同歸
於盡!!!

留返我一隻響度，
我會好寂寞㗎…

小強不單止係
善良嘅昆蟲…
仲係世上最卑
微嘅生物…

我…淨係識
得飛之嘛～

曉飛嘅小強就係該死!!!

你哋冷靜啲
諗清楚先…
小強唔會好似蚊
咁吸人血…
唔似蜜蜂
咁針人…
唔似木蝨
咁咬人…
更加唔會
周圍放毒…

小強真係善良嘅昆蟲
嚟㗎…

總之樣衰就係罪!!!

死開啦你！我係
唔會畀小強上
我張床㗎!!!

依家同你瞓啲塵蟎
咪仲醜樣～

老婆，小強不單止對人
冇害 ，仲係益蟲嚟㗎～

小強可以係
中藥材，消炎
解毒，活血
化瘀㗎！

咁係咪要
切碎曬乾磨成
粉末呀!!!

我隻貓好固執㗎，佢
寧願硬晒軚都唔畀我抱呀～
……

你可唔可以企遠
啲呀？你企到咁近
我好大壓力㗎～

你記住10步之外
我都可以取你個
人頭㗎～
……

原來飯後唔可以做運動，唔可以沖涼，唔可以瞓覺，唔可以做家務，咁仲可以做咩呢～

得返一件事可以做嘅啫⋯

係咪落街散步呀？
去食甜品呀！

小肥，我想突破一下，
轉型做一個動作演員⋯

認識咗你咁多年，
我絕對相信你可以⋯
真係嘅？

成為一個慢動作
演員⋯
⋯⋯

我懷疑屋企有大量
輻射…
吓～唔係啩～

唔信你望下
條四腳蛇…

……

唉～晚晚都失眠，
唔通工作壓力大…

係咪你唔適合
做漫畫家呀？不如
轉行啦～
轉行做咩呀？

看更

成日冇帶遮先嚟落雨，
唔通個天整鬼我～
會唔會係你諗
多咗呀？

都應該唔係⋯

所有老公都係魔法師～
係咪你老公碰過
嘅嘢都會消失吖？
去!!!

佢係咪已經掌握咗
衣物混亂嘅規律吖？

當你需要佢陪你
行街Shopping…
隱形!!!

醫生，我成日失眠，
晚晚眼光光…
咁你覺得個
問題響邊呢？

應該係我對自己要求
太高，工作壓力太大…

定係佢日頭瞓得
太多呀～

唔係啩！家居中嘅
灰塵會刺激脂肪細胞生長，
可能導致肥胖!!!

好驚呀！仲唔快啲
去吸塵!!!

咁…點解我越嚟
越瘦呢？
打埋蠟
添呀!!!

有八成主人會選擇和
家中寵物傾吐心事…

你返嚟就好喇，我有
好多心事同你講…

不如你哋養返隻狗啦!!!

對腳好似成日冇乜力，
唔係好願行路咁嘅…

好簡單啫，老化
係由對腳開始㗎嘛…

我對
腳～
不知幾好
力呀…

外國研究話呀，屁入面有硫化氫，可以減少細胞死亡率呀～

我淨係知你響我身邊放屁會增加你嘅死亡率…

咁我出去放囉…

著晒西裝打晒呔，
想點呀你？
著得企理啲，
係對自己事業
同工作嘅尊重…

畫搞笑漫畫啫，
使唔使咁嚴謹呀～
咁你又講得啱喎…

咁又會唔會鬆懈
得滯呀？
哇～一啲工作
壓力都冇呀～

著睡衣畫稿？想點
呀你？
呢件係我嘅
工作服，可以令
我放鬆心情唔使
趕稿～

咁我都去換
返件工作服先⋯

交稿
呀!!!
畫緊!!!

咦？下面有隻貓
喎～
係喎…

我哋咁肥，飛唔
郁，好危險喎～
咁佢都跳唔起
啫～

你哋有壓
力！我有壓
力！做咩要
挑釁我啫!!!

你真係領養黑貓？
黑貓好邪個喎…
我都唔信
呢啲嘢嘅～

三個月後…
「原來黑貓真
係好邪…」
？

「佢依家變咗
煤炭屎鬼…」

呢篇報導話呢，好多工作犬將會失業，因為AI會取代佢哋嘅工作⋯
呢啲嘢唔關我哋事嘅～

點解你會有咁嘅結論呢？
因為所有貓都係無業遊民！

久坐不動，姿勢不良，
運動不足，會導致臀部肌肉
失去平衡，腰痠背痛…
咁點算呀？

物理治療師話要
喚醒臀部嘅肌肉～
……

喂！醒喇！
醒未呀你!!!
……

極端消暑方法…
最直接嘅方法
就梗係射個
太陽落嚟啦！

有冇科學頭腦
㗎你？

極端消暑方法二…
「不停觀看與冬天有關的電影，可令體溫下降…」

識得睇梗係睇100次冰雪奇緣啦!!!
♫Let it go! Let it go!!!♪

睇還睇吖！
扮乜鬼嘢啫你!!!

極端消暑方法三…
不停唱和冬天有關的歌…
♫一個風雪晚上♪我失方向…
♪與你情如白雪…♫
又見雪飄過…♫

開始涼涼地喇！

♫一到夏季氣勢升高♪當氣候跳升100度♪活着實在好
係咪搞事呀你!!!

極端消暑方法四…
就係…同
靈體接觸!!!

靈體屬於陰冷
之物，盡量哄埋
少少…

死開啦！好鬼熱
呀你!!!

極端消暑方法五：
將白花油搽在身上
可降體溫…

咦～真係
有啲效喎～

哇～好清涼呀～
吳剛師傅
呀!!!

楳圖一雄啲漫畫
都唔係好恐怖啫⋯

伊藤潤二啲漫畫
OK恐怖啦⋯

草日初出道漫畫⋯
哇～!
好恐怖
呀!!!

我哋已經
檢討過…
你哋漫畫
唔好笑…

唔係我哋啲演技
有問題…
而係你啲橋出問題…

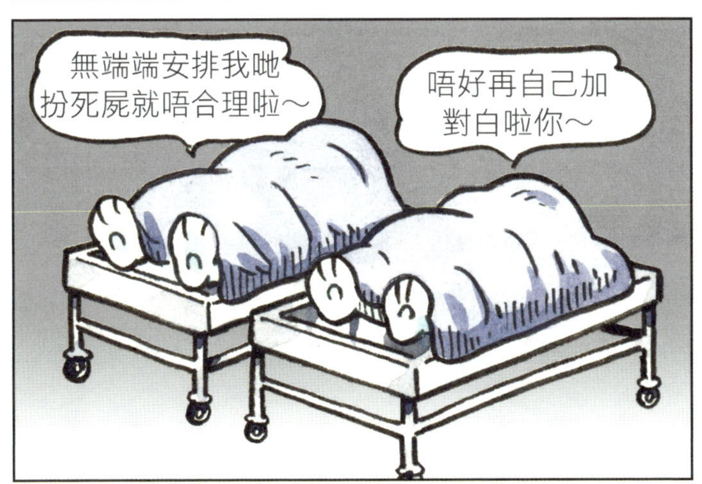
無端端安排我哋
扮死屍就唔合理啦～
唔好再自己加
對白啦你～

我哋作為表演藝術工作者，
梗係要睇「演員的自我修養」
啦～

當站在舞台上時在角色的生活
條件下，與角色完全一樣正確
地、充滿邏輯地、按照順序地，
像人那樣思考…
……

哈！哈！哈！我哋
呢啲草根角色唔使
咁多修養嘅！
……

我覺得偉仔響
《阿飛正傳》入面
嘅演出流於表面…

要由外而內演繹好
一個賭徒…

首先要着返條
紅底…

你身高幾多呀？
有幾重呀？
着幾多號鞋呀？
唔知…唔記得…
唔清楚…

男人對數字真係好唔
敏感…

除咗甩出嚟嘅頭髮～
嗚～又甩咗
17.5條…

醫生，我
老婆擰甩咗
我個頭…

係幾時擰甩㗎？
三日前…

你嘅生命力都好頑強喎～
托賴啦～

唔准諗即刻答！
問啦！

手機定廁紙？
手機！

如果可以再揀一次⋯
唔可以～

又失眠添…
點算好呢？

要唔要數下綿羊呀？
會唔會跨欄
㗎？

……
跨欄要加錢個喎～

呢篇恐怖漫畫，
我決定唔用漢堡包，
搵你擔正…

Yeah～！
機會嚟喇
飛雲!!!

關燈後的貓
～Take One～
……
Action!!!

玩嘢咩你！
啤日篇漫畫熄曬燈
都睇唔到我個樣！
OK OK！
今日呢篇我
保證打晒燈加
大特寫！

使唔使補咁
多粉呀？

……
沒面孔的貓
～Take One～
Action!!!

篇篇漫畫
都見唔到樣！
使鬼搵我擔正
咩!!!
咁你又講得啱，你
個樣咁上鏡，唔用
好嘅…

破墓的貓
~Take One~
Action!!!

……

小肥，咁鬼熱仲
着外套？

最近又肥咗，諗住着
件外套遮掩下啫～
唔好自己呃
自己啦你～

着深色會唔會再
好啲呢？
……

做乜無端端拉筋呀？
嘿嘿～我想挑戰下
十六蹲嘛～

CRACK

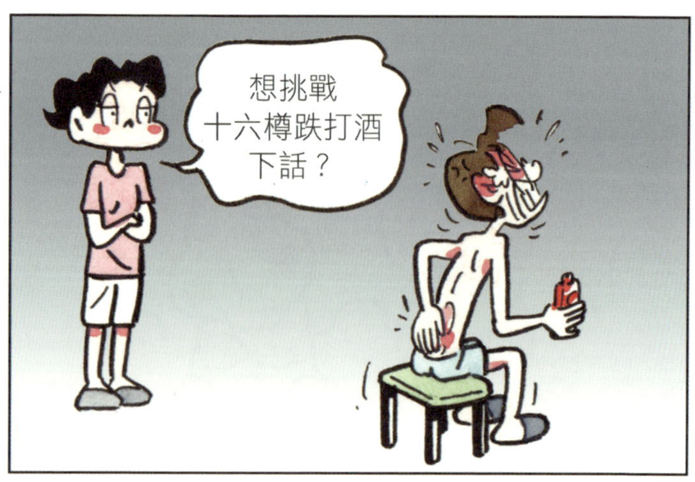
想挑戰
十六樽跌打酒
下話？

落雨喎，仲使
唔使戴住副超呀？
副超好貴㗎，
我要戴多啲
溝淡佢呀～

天黑囉喎…

大師，我把口
成日得罪人，人緣咁
差可以點化解呀？

佢表面上係一道
符…
係咪貼度符就
得㗎喇？

其實係一張封箱
膠紙！
……

漢堡包，你啲表情太少變化喇，咁樣啲觀眾係感受唔到你有演技㗎～

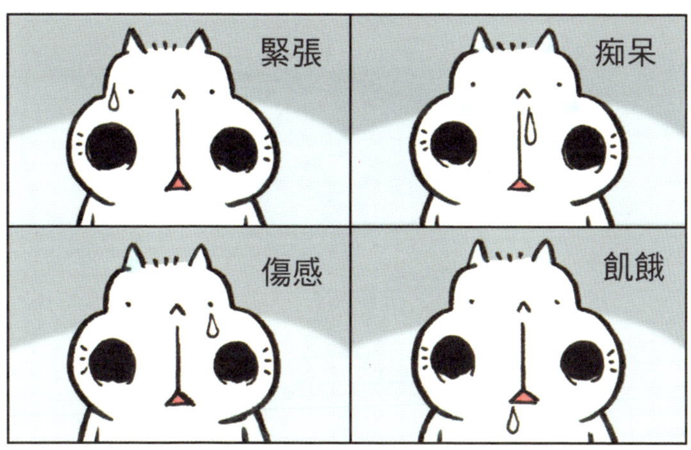
緊張
痴呆
傷感
飢餓

You win......

有冇搞錯呀！約你
打波遲成粒鐘!!!

我都唔想㗎，
專家話天生樂觀
嘅性格…
係對時間嘅
要求冇咁
緊張㗎！

哈哈～佢
唔係嬲我嘅…
係我個頭
太似網球
啫～

阿姐，你着高踭鞋
行山好易受傷㗎～
係咩？我唔
覺得囉～

……

我時時刻刻提醒自己，
只要仲有一對爪，我就係
天生嘅捕獵者～

搵咩呀你？
冇嘅？

肥到搵唔到指甲
喇你～
喂!!!

都估到佢啦！
個天係咁樣㗎！
冇帶遮就嚟
落雨吖嘛！

淋啦淋啦！
淋我哋啦！
我哋
OK㗎!!!

原地修煉呀我哋!!!
天人合一添呀!!!

你右手OK，左手勞損
嗚…
冇理由嗚，我用右
手畫嘢個嗚～

會唔會係產量太少呀？

右手終日遊
手好閒…
左手長期
受壓…

你對手都OK嘅，但係隻腳
就長期　　勞損嗬…

長期勞損？

每天平均踮腳
30,000次…

你啲手指都OK嘅，
係隻尾指勞損咗啫～

雖然我揸筆搵食啫，
手指尾我唔用個喎!!!

……….

好熱呀…

透唔到氣…

好辛苦呀…

我唔係要氧氣，係要冷氣呀～

萬年一遇大水浸…
……
……

個屋企搞成咁，
好唔開心囉～
都有辦法開心
返嘅…

係咪好有feel呢
咁樣食早餐～

奇哥，移民生活如何？
適應咗做紐西蘭人未？
我依家唔係紐西蘭人，亦都唔係香港人…

咁你依家係咩人？

我依家係一個牧羊人～

小肥，做咩
要嬲爆爆影相
呀？
貓貓怒啤相好多人like㗎！
我幫你影一張出post啦～
準備好未呀你？
吓？我已經怒啤咗
成分鐘囉喎～

移咗民去紐西蘭，
你點樣打發時間？

養番隻寵物囉，同
佢出嚟散下步囉～
N

NZ
一來一回都要
成大半日㗎～
大半日咁誇張？

NZ
淨係食草都食
幾粒鐘啦佢⋯

出面萬年一遇大
水浸喎，你諗住就
咁出　　去？
唔係點
出去呀？

我建議你由
露台出去囉～
露台？

BYE
～!

聽講移民生活好
悶，你適應咗未？

OK呀，閱讀成為
咗我最大嘅興趣…

咁你最近睇緊
咩書呢？

每天鑽研宣傳單張
及特價coupon…

又話大家協議上咗床
唔用電子產品嘅？
我欺騙你啫，男人
講嘢你都好信～

女人都係…

導演，做演員
最緊要對眼夠大，
咁先搶到戲吖嘛！

你都講得有道理嘅～
Yes!!!

對眼再
撐大啲！

鬼月禁忌：忌找男友／老公為你拍照…

OK!

因為你會成為
靈異照片的
主角…

漢堡包…多謝你呀…我
感冒你一直陪響我身邊…

大家年紀都
唔細，我唔知
你幾時走嘛～

我大吉你個
利是　呀!!!

居肥大師鬼月冷笑話⋯
踏入鬼月呢⋯屬馬同屬鼠嘅人要小心啲⋯
點解呀？

因為靈體會同佢哋黐得好埋⋯
點解呀？

你冇聽過咩？鬼鬼馬馬同鬼鬼鼠鼠嘛～
……

居肥大師鬼月冷笑話…
鬼月飲食要小心啲，
特別係飲凍嘢…
小心啲咩
呀？

飲凍嘢一定要走冰…
點解要走冰
呀？

因為…冰塊入面
有水鬼…
~冰塊鬼~

創作人需
要不斷創
新及嘗試…
所以這個作者
決定使用念力
來畫稿…

「我念你個死
人頭呀！快
啲交稿呀!!!」
估唔到佢
都識天眼通
呀吓～

「女人和男人結婚
是為了尋找一個
靈魂伴侶」

結果…

她們只會找到靈魂出竅的伴侶…

原來農曆七月呢，
全身白色、黑色同紅色，
都會特別招惹靈體…

好彩我仲有
兩撻貓斑啫～

全身鬆綠色又
點睇呢？
鬼呀～!!!

蛇蟲鼠蟻大逃亡⋯
似乎會有大地震⋯
定係屋企冷氣
唔夠凍呀⋯

鬼月唔好沖涼，水險呀！
鬼月唔好出街，撞嘢呀！
鬼月唔好開冷氣，陰氣重呀！
鬼月唔好瞓覺，壓床呀！
你講到咁，
我都想贈你
兩句～

……

嘷嘷嘷～
鬼月唔好講
粗口呀下！

老婆…
我餵你食車厘子
吖～

無事獻殷勤
一定冇好人…

成盒塔斯曼尼亞
車厘子你食剩一粒？
係咪覺得
好珍貴呢？

天氣咁熱，真係羨慕
啲後生女可以着咁少布
呀～

咁着得少布
又唔會有年齡限制嘅…

……

鬼月大凶，出入建議：忌搭尾班車…
讓…座…
呀…

忌揸電單
車…
前面墳場有落吖…

忌踩滑板…
滑得幾好吖…

鬼月通街都係靈體，出街要點打扮？
道士造型：因為鬼怕修道之人
……

黑道人士造型：因為鬼怕惡人

超人造型：因為鬼怕正氣之人

睇個樣，左邊嗰隻
應該係河馬～
右邊嗰隻似貓，但
係冇理由雙腳企囉～

啊～原來係
一隻北極熊～

燒衣如果太隨便，
啲孤魂野鬼係唔會
畀面㗎！

所有步驟要慢慢嚟，
有規　有矩～
祭品擺放嘅位置、
種類、數量…
全部要跟足
禮數，噚～大家
聽住喇～

死開啦！好肚餓呀!!!

雀鳥側頭是為了分
別觀察天空和地面…

貓咪是為了
裝可愛…

男人是因為
瞓捩頸…

演員要磨練演技，
就要不分年齡、
不分性別…

不分日夜…
不分地點去觀察
其他人…

去融入對方
嘅生活…
望下你
自己啦!!!

啲啄木鳥一日
啄木啄到黑⋯
督！
督!!
督!!!
唔知會唔會
震傷個腦嘅呢？

似乎係會個喎⋯
望落仲好嚴重下⋯

卜！
卜!!
卜!!!

我哋從事演藝事業，就要
忘記自己係一隻貓，透過演技，
我哋可以係任何動物～

凸眼金魚？
貓頭鷹
呀!!!

聽講烏鴉係
最聰明嘅雀鳥…
有幾聰明
呀？

烏鴉識得使用
工具嚟覓食…
咦？仲識得用
武器嚟自衛添喎～

隻雀仔真係聰明
呀，識得響唔同嘅地
方保留食物過冬～

哈！我仲聰明呀！食物從來
唔留過夜㗎我！
……
POTATO CHIPS

鬼月行路要帶眼，
唔好踩到路邊啲祭品
呀～

踩到溪錢會
激嬲啲鬼㗎～

鬼有影嘅
咩!!!
唔…好…踩…我…個…影…呀…

我唔能夠再同你外母
響埋一齊…
咁你打算點呢？

我要佢永遠響我
身邊消失…
吓？唔使出刀仔
咁嚴重下話…

咁我要攞走塊追蹤
晶片嘛～
……

我已經諗得好清楚，
以我嘅條件根本唔適合
做演員…

佢終於都有自知之明喇…

我應該做明星！

「你不嬲都係食肉獸
嚟個喎～」
移咗民之後日日
食青瓜咁健康嘅？

紐西蘭物價超貴，
一條青瓜都要分
三餐食呀～
breakfast
lunch
dinner

漢堡包，你知唔知做功夫
明星最重要嘅條件係咩呀～

係咪好功夫同好演技呀？

係要有個好替身呀～
……

有讀者問你成日咬住
支冇點嘅煙，
係咪造型需要？

紐西蘭一包煙要
$250，我點捨得
點着佢喎…

望咩望！
好鬼猛㗎我!!!

使唔使咁惡呀～
鬼月完咗啲鬼
特別燥㗎～

你放完長假
心情都特別差
啦！
點解呢？

鬼月完咗呢，條街
特別多一種鬼㗎～
係咩鬼呀？點解
我見唔到嘅？

等我幫你開眼
睇下啦！

食咁多祭品，
隻隻都變晒
死肥鬼～

出面隻雀仔好鬼
低能，築個巢都
歪嚟歪斜～

個櫃有咩問題？
你幾時砌返好
個櫃佢？

貓有第六感，照計你
可以預測到海嘯地震～
你會唔會
諗多咗呀…

咁即係你冇預知
能力啦！
咁又未必
嘅…

每次臨沖涼前
一分鐘便會逃
脫無蹤…

創作人的腦袋就像一個儲物櫃，有需要時可以打開櫃桶提取靈感～

老婆，知唔知
我啲idea放咗響邊？
?

呢個達文西睡眠法
正喎，一日只需要
瞓兩粒鐘～

哇～呢個短睡
訓練班仲正，可以操到
一日瞓45分鐘咋～

我唔明白，人類點解
要咁樣折磨自己～

雀仔有幾
叻啫，係多對
翼嗞嘛～
只要佢雙腳一踮地…

就成為
捕獵者嘅
獵物啦!!!

喂！你對腳
明明短過我個喎!!!

飛去台灣找妖怪!!!
人面魚出沒注意!!!
人面魚係台灣特產妖怪，一定要見識下～

聽講佢識講嘢…

你…係咪河馬面貓呀？
……

飛去台灣找妖怪!!!
呢隻係玉山小飛俠，
專老點啲人行錯路，
行反方向就啱喋喇～

唔知台灣有冇
飛行服務隊
呢…

飛去台灣找妖怪!!!
哇～香蕉精
好邪㗎！邊個
遇見佢都即刻瞓
低㗎!!!

使唔使咁多香蕉皮
呀…

飛去台灣找妖怪!!!

聽講呢啲魔神仔
好好客㗎，一見面
就會請人食嘢～
意大利粉
正呀～

佢最鍾意請人
食蚯蚓‥

靚女，想點剪呀？
我想望落後生
過我老公廿年！

咁我要幫你
老公轉髮型嗝～
?
?

喂！點呀!!!

望住個月光，令我
好掛住香港⋯

明嘅～月是
故鄉明嘛～

我係好掛住
香港嘅月餅～

其實你可以買盒月餅
食，醫下思鄉病嘛…

紐西蘭買盒月餅好
貴，唔捨得買…

好彩屋企有個
舊月餅盒…

如果個咸批
可以加兩隻蛋黃就
perfect喇～
……

狗狗定睛望着你，是
希望得到你的關注…

當貓咪定睛望着你…

嗰個人好面善…
咁你都唔認得！
樓下看更嘛！

唉～又寫又畫
出個post都係得
百幾likes…

1000 likes

有研究話長者對床褥
塵蟎特別敏感，容易引起
呼吸道疾病…

呢啲嘢唔關我事囉～

長期瞓浴缸
的長者

老婆，我隻手受傷
流血不止要睇醫生～

我哋醫療預算有限，
要留返嚟睇獸醫…
漢堡包
咩事呢？

佢流鼻水～
……

最近我開始分段
式睡眠…
乜你想瞓少
啲咩？

我係一晚分幾個
地方瞓覺…

盡量延長瞓覺嘅時間～

據說貓咪肚子
的咕嚕聲，對
人類有治癒
作用

……
Sorry…最近
我腸胃麻麻…

臭男人，捨得去沖涼未？
一個男人平均每日用20分鐘去沖涼…

如果長命百歲，成世人就要用年幾兩年去沖涼…
我覺得好浪費時間～

我覺得你浪費緊我啲時間呀!!!

草日老師，如果想做
漫畫家，最重要係咩呀？

當然係閱讀，
不停吸收新知識啦！
咁你平時睇
咩書多呀？

AH…
面書～

「八號風球公園打太極
阿伯成網民熱議焦點」

係因為佢功夫好？
係因為強風吹
走晒佢啲衫褲～

喝！
單鞭下勢!!!

貓咪慢活三步曲…
1.慢食
啲貓糧使
唔使逐粒
食呀!!!

2.慢便
喂！一齣
戲都睇完
囉喎!!!

3.慢回
冇…問你返唔返嚟
瞓啫～
你嘚日揾
我咩事？

貓比狗聰明，係因為
貓識得打扮…

眼鏡代表
學識～
白頭髮
代表足智
多謀～
鬍鬚
代表智慧～
阿匿，你
點睇呀？

我覺得…你係
賣炸雞嘅…

因為貓可以睇到
一般人睇唔到嘅嘢…
點解你成日眼
定定望住啲空氣
嘅？

BOOOM!

咁點解佢成日睇
唔到一般人睇到嘅嘢
嘅呢？
因為河馬
係弱視嘅～

你知唔知漫畫家
最常見職業病係咩？
係咩呀？

慣性説謊～
邊有呀·

畀我隻貓食咗～
有稿交未？

移民港人十大
回流香港理由？

係邊十大理由
呀？

沙嗲牛肉
麵～
咖哩魚蛋 ～
車仔麵～
魚肉燒
賣～
西多～
譚仔～
煲仔飯～
絲襪
奶茶～
酥皮
蛋撻～
叉燒飯～

先用矽膠加高個鼻，
再用矽膠修圓塊面，
最後用矽膠拉尖下巴…

你啲化妝技巧
響邊度學㗎？
我係響美術
學院學雕塑㗎！

有調查指出，機主
認為手機比自己嘅
身體更加重要…
有冇咁誇張
呀…

……
Yeah～!
好彩你有
安全氣墊
咋!!!

我隻貓好衰㗎！
幾百蚊買個竇畀
佢都唔鐘意瞓！

咁佢依家響邊呀？

梗係又落咗街同阿婆爭
紙皮箱啦！

有些貓…就是喜歡在
烈風警告下外出散步…

咦？你兩撻貓斑
呢？
吹甩咗…

呢對雙面洗碗手套
好好用㗎，呢面有防滑
功能，保證碗碟唔跳手！

咁另一面有咩
功能呀？

加強防護，保證唔怕
畀碗碟碎片𠝹損手！
……

你有冇發覺依家
經常出現大量飛碟呀？

佢哋嚟地球做咩呢？
真係令人擔心呀～

我擔心佢哋係急急腳
要離開地球呀⋯

從風水嚟講呢…
貓砂盆會影響便便㗎…
點樣影響呀！

貓砂盆嘅顏色
啦，大細啦…
擺放嘅方法啦，
貓砂嘅用料啦…
最好就種棵
風水樹啦…

咁樣便便就
暢順得多啦～
仲邊有位
呀!!!

演戲靠眼神，你對眼
豆豉咁細粒，點算呀～

其實我戴咗大眼仔…

鬼睇到咩!!!

原來貓嘅負面記憶好短
暫，最多都係15分鐘…

咦？咁我哋咪好容易
就會寬恕啲貓奴囉～

好彩我有用開記事簿
嘅啫～

原來貓嘅記憶力
有分短期記憶同長期
記憶⋯
有咩分別呢？

主人嘅面孔係
屬於短期記憶⋯
當然啦，咁
長期記憶呢？

食物嘅味道可以記⋯一萬年⋯
⋯⋯

我個面孔識別好似
壞咗，開唔到手機…
係咩？攞嚟試下！

喂！
？

OK冇問題喎！
……

唞下啦～長命功夫長命
做，咁勤力做咩吖～

你出現得真係
合時　　喇…
我哋好需要
你…

今日交兩
張稿呀!!!

♪忘盡…
心中情…♫
♪遺下…
愛與痴…♫

原來長者鍾意唱歌呢，
係可以增強免疫力同
抗衰老㗎…
仲會有通便嘅
作用添～

唔怪得佢唱到
好似便秘咁啦～
我否認!!!

次次搵老公買嘢返嚟都買錯～
係啦，叫佢買紅豆就買咗綠豆～
叫佢買洋蔥豬扒就買咗豆腐斑腩～
買洗潔精就買錯洗衣粉！
買乜都係錯㗎佢哋！

哎唷～唔記得老婆叫我買乜添？
咁唯有出大絕啦～

買呢樣一定唔會錯～

書　　名　路邊貓貓不理睬
作　　者　草日

責任編輯　肥佬
校　　對　Walter@ 童創文化
Jeremy@ 童創文化
出　　版　格子有限公司
香港荔枝角青山道 505 號通源工業大廈 7 樓 B 室
Quire Limited
Unit B, 7/F, Tong Yuen Factory Building, No.505 Castle Peak Road, Lai Chi Kok, Kowloon, Hong Kong
印　　刷　嘉昱有限公司
香港九龍新蒲崗大有街 26-28 號天虹大廈七樓
版　　次　2025 年 7 月香港第一版第一次印刷
國際書號　ISBN 978-988-70533-3-0